# Cadi a'r Deinosoriaid

*I Cadi, Caio a Mabon, ac i blant Ysgol Bro Cinmeirch,*
*yn enwedig Tyler – diolch am y syniad!*

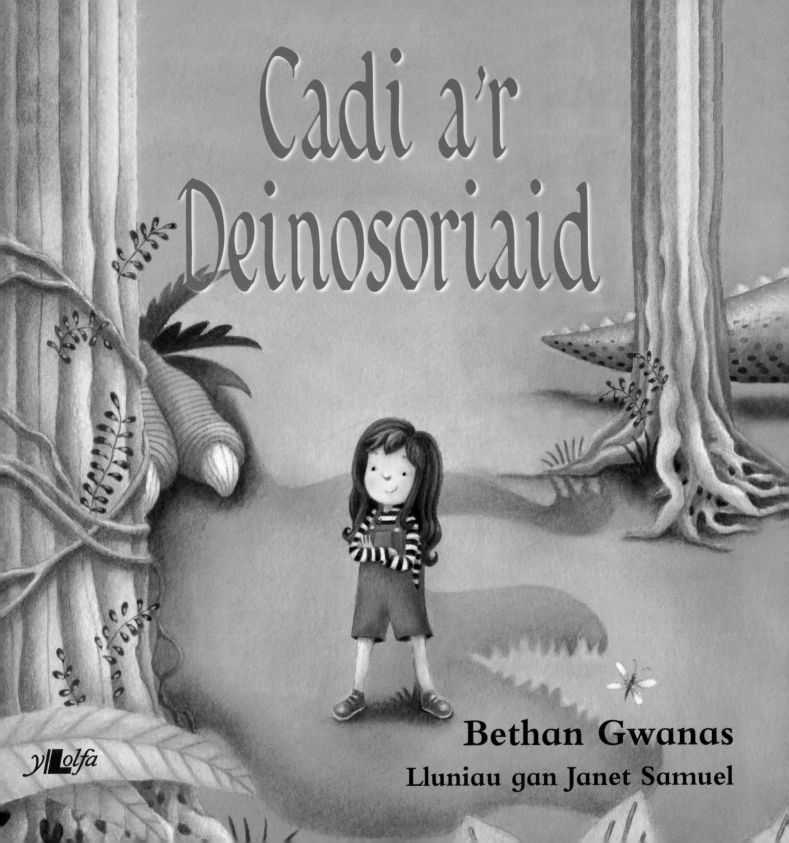

# Cadi a'r Deinosoriaid

**Bethan Gwanas**

Lluniau gan Janet Samuel

y Lolfa

Argraffiad cyntaf: 2018
© Hawlfraint Bethan Gwanas a'r Lolfa Cyf., 2018
© Hawlfraint lluniau Janet Samuel

Diolch i The Bright Group International Limited.

Dymuna'r cyhoeddwyr gydnabod cymorth ariannol Cyngor Llyfrau Cymru.


Rhif llyfr rhyngwladol: 978 1 78461 640 3


Cyhoeddwyd ac argraffwyd yng Nghymru
gan Y Lolfa Cyf., Talybont, Ceredigion, SY24 5HE
e-bost: ylolfa@ylolfa.com
y we: www.ylolfa.com
ffôn: 01970 832304
ffacs: 01970 832782

Mam

Mabon

Cadi

Roedd Cadi a Mabon a Mam ar y ffordd i'r parc. Roedd Cadi'n edrych ymlaen yn arw at gael chwarae ar y si-so a'r siglen teiar tractor a'r ffrâm ddringo, ac yn canu a sgipio ar hyd y pafin:

"O, y parc, parc, parc, 'dan ni'n mynd i'r parc i chwarae!

A hwyl, hwyl, hwyl, gawn ni hwyl yn y parc am oriau!

Bydd Mabon a fiiiiii, a fi a Maaaabs, yn siglo am y gooooorau!"

Ond doedd Cadi ddim yn gallu canu'n dda iawn. A dweud y gwir, roedd hi'n gwneud sŵn ofnadwy. Roedd yr adar a'r wiwerod i gyd yn rhedeg i guddio, a Mam a Mabon yn chwerthin. Roedd hi'n bownsio a sgipio, a phan welodd hi'r giât ar ochr arall y ffordd, gollyngodd law ei mam a dechrau croesi'r ffordd – heb edrych i'r chwith nac i'r dde yn gyntaf!

*S*grechiodd sŵn brêcs dros y lle. O diar! Roedd wyneb Cadi yr un lliw â phowlen o uwd ac roedd hi'n crynu. Roedd wyneb gyrrwr y car hefyd fel uwd am ychydig, wedyn yn goch, wedyn yn biws... Roedd o'n flin iawn ac yn gweiddi pethau cas.

"Mae'n ddrwg iawn gen i," meddai mam Cadi wrth y gyrrwr. "Diolch yn fawr i chi am stopio mewn pryd."

Trodd Mam at Cadi. "Faint o weithiau dwi wedi dweud wrthat ti am edrych i'r chwith ac i'r dde cyn croesi'r ffordd, Cadi? Mi allet ti fod wedi cael dy ladd!"

"Dwi'n gwybod. Mae wir yn ddrwg gen i, Mam."

"Cadi'n hogan ddrwg..." meddai Mabon.

"Dwi ddim yn meddwl y dylet ti gael mynd i'r parc rŵan," meddai Mam. "Dwi'n meddwl y dylen ni fynd yn syth adre!"

Edrychodd Cadi ar ei thraed, ac wedyn ar ei mam, gyda llygaid mawr, gwlyb.

"Sori, Mam…"

"Ond Mabon mynd i parc!" meddai Mabon. "Mabon hogyn da!"

Ochneidiodd Mam. Doedd hi ddim yn deg iddi gosbi Mabon hefyd.

"Iawn," meddai, "awn ni i'r parc, ond cydiwch yn dynn yn fy nwylo i. A Cadi, paid byth â gwneud rhywbeth fel'na eto!"

Roedd Cadi eisiau mynd ar y ffrâm ddringo ond aeth Mabon yn syth at y siglen plant bach.

"Cadi," meddai Mam, oedd wedi gweld ei ffrindiau yn eistedd ar fainc, "rhaid i *ti* wthio Mabon ar y siglen – dyna ydi dy gosb di am fod mor wirion."

Ochneidiodd Cadi, a dechrau gwthio ei brawd bach yn ôl a mlaen ac yn ôl a mlaen. Ar ôl deg munud, roedd hi wedi cael llond bol. Rhoddodd un gwthiad mawr iddo ac yna mynd at goeden dderwen ddiddorol yr olwg. Roedd hi'n goeden anferthol, hen iawn. Yn anffodus, roedd y gangen isaf yn rhy uchel iddi fedru ei dringo, ond roedd twll mawr yng ngwaelod bonyn y goeden.

"Www," meddyliodd Cadi a rhoi ei phen i mewn i'r twll.

Roedd hi'n dywyll iawn yno, ond roedd digon o le iddi ddringo i mewn, felly i mewn â hi.

"O, ych-a-pych!" meddai, wrth i we pry cop fynd yn sownd yn ei gwallt.

Plygodd yn is a mynd ymhellach i mewn i'r twll. Roedd o'n mynd am i lawr, i mewn i'r ddaear, ac yn mynd yn dywyllach gyda phob cam.

Yn sydyn, wrth i Cadi sefyll ar garreg fawr, wastad, dechreuodd y garreg symud. Roedd hi'n llithro!

"Waaaaaa!" sgrechiodd Cadi, wrth i'r garreg saethu i lawr ac i lawr drwy'r tywyllwch. Roedd hi'n dal ei breichiau allan fel petai ar fwrdd syrffio, ond roedd cadw balans yn anodd iawn. Pan aeth y garreg dros lwmp, saethodd Cadi i'r awyr a glanio'n ôl ar y garreg ar ei phen ôl. Ffiw! Eisteddodd ar y garreg a gafael am ei bywyd.

O diar! Roedd hi'n mynd fel y gwynt, i lawr ac i lawr ac i lawr, nes bod ei gwallt yn chwifio y tu ôl iddi, a chroen ei hwyneb yn dynn, dynn. Roedd hi'n cael trafferth anadlu ac roedd hi eisiau crio! Pam yn y byd aeth hi i mewn i'r twll yn y goeden?

Yna, yn sydyn, diolch byth, arafodd y garreg ychydig. Roedd hi'n dal i symud yn gyflym, ond roedd hi'n gallu anadlu'n iawn bellach, ac yn gallu gweld! Doedd hi ddim yn dywyll fel bol buwch mewn ogof ganol nos; roedd golau'n dod o'r waliau bob ochr iddi; golau rhyfedd, gwan, yn dod o streipiau o garreg wen yn y waliau. Ac roedd y twnnel yn mynd yn fwy, yn lletach ac yn uwch.

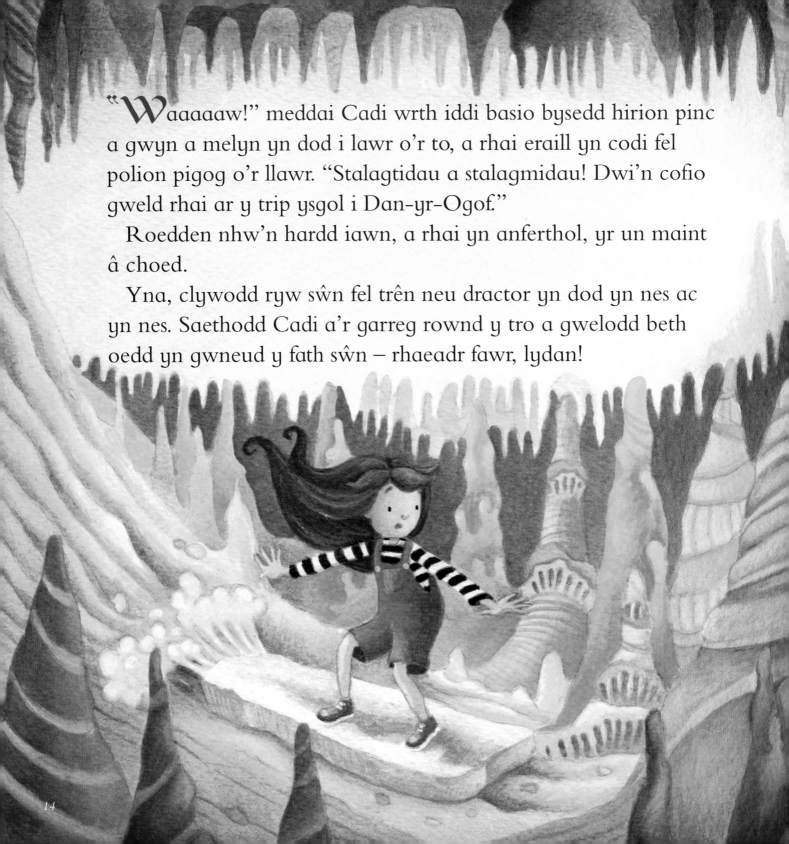

"Waaaaaw!" meddai Cadi wrth iddi basio bysedd hirion pinc a gwyn a melyn yn dod i lawr o'r to, a rhai eraill yn codi fel polion pigog o'r llawr. "Stalagtidau a stalagmidau! Dwi'n cofio gweld rhai ar y trip ysgol i Dan-yr-Ogof."

Roedden nhw'n hardd iawn, a rhai yn anferthol, yr un maint â choed.

Yna, clywodd ryw sŵn fel trên neu dractor yn dod yn nes ac yn nes. Saethodd Cadi a'r garreg rownd y tro a gwelodd beth oedd yn gwneud y fath sŵn – rhaeadr fawr, lydan!

"Blyyyyyyy!" sgrechiodd Cadi wrth deimlo'r dŵr oer yn saethu drosti. Yna, agorodd ei llygaid yn fawr fel platiau cinio: roedd enfys y tu ôl i'r rhaeadr.

Roedd hi ar fin neidio oddi ar y garreg pan – wps! – saethodd y garreg yn ei blaen eto, a rhuthro am i lawr, trwy dwnnel tywyll, serth, oedd yn llawn ystlumod yn gwichian a fflapian.

"Be ydi hyn?"

"Pwy ydi hon?"

"Ein twnnel ni ydi hwn!" protestiodd yr ystlumod.

"Mae'n ddrwg gen i ond dwi ddim yn gallu stooopiooooo!" ceisiodd Cadi egluro, ond yna, roedd hi'n hedfan drwy'r awyr! Roedd y twnnel wedi dod i ben a doedd dim byd oddi tani bellach.

"Heeeeelp!" gwaeddodd Cadi, ac yna…

Dwwwfff!

Roedd hi wedi glanio. Ar ben coeden.

"Coeden? Dan ddaear?" meddyliodd Cadi.

Ond ie, deilen werdd oedd yn cosi ei chlust a brigyn oedd yn pigo ei thrwyn. Ffiw, roedd hi'n ddiogel – byddai Cadi'n gallu dringo i lawr y goeden heb drafferth yn y byd, siawns. Ond wrth iddi estyn am gangen, teimlodd ei hun yn cael ei chodi. O, na! Beth oedd yn digwydd? Edrychodd i lawr a gweld llygad fawr, fawr, yn edrych arni. Llygad oedd yn fwy na'i phen hi!

"Ym… beth wyt ti'n ei wneud ar fy mhen i?" meddai llais dwfn oedd yn gwneud i gorff Cadi grynu i gyd.

"Be? Fi? Ydw i ar eich pen chi?" meddai Cadi'n ddryslyd.

"Wyt. Ac mae dy droed di yn fy ffroen i."

"Eich ffroen chi? Ond mae ffroenau ar flaen trwyn fel arfer."

"Wel, mae fy ffroenau i ar dop fy mhen i, oherwydd Braciosawrws ydw i," meddai llais y llygad, "ac os na wnei di symud dy droed, fe fydda i'n tisian. Ac os bydda i'n tisian, fe fyddi di'n hedfan, a does wybod lle fyddi di'n glanio wedyn."

Symudodd Cadi ei throed.

"Diolch," meddai'r llais.

"Croeso," meddai Cadi. Yna, "Ym, esgusodwch fi," meddai wedyn, "ddwedoch chi mai Braciosawrws oeddech chi?"

"Do."

"Ond deinosor ydi Braciosawrws…" meddai Cadi.

"Ie, dwi'n gwybod mai deinosor ydw i. Ond does gen i ddim syniad beth wyt ti. Rwyt ti'n fach fel aderyn neu lygoden, ond dwyt ti ddim yn debyg i aderyn na llygoden."

"Nac ydw. Dwi'n gwybod mai merch fach ydw i," gwenodd Cadi.

"Merch fach?"

"Ia. Pan fydda i'n tyfu i fyny, mi fydda i'n ferch fawr, ac wedyn yn ddynes."

"Dwi erioed wedi clywed am ferch na dynes," meddai'r Braciosawrws. "Sdim byd tebyg i ti yn byw fan hyn. Dim ond deinosoriaid ac adar a llygod."

"O!" meddai Cadi. "Wel, Cadi ydi fy enw i. Oes gynnoch chi enw?"

"Wrth gwrs bod gen i enw!" meddai'r Braciosawrws. "Bob."

"Bob y Braciosawrws?"

"Ie."

"Wel, mae'n dda gen i eich cyfarfod chi, Bob," meddai Cadi. "Beth ydych chi'n ei wneud fan hyn?"

"Bwyta," meddai Bob.

"O?" meddai Cadi yn nerfus. Roedd hi wedi gweld maint ceg Bob. "A beth ydych chi'n ei fwyta?"

"Dail a gwair a blodau…"

"Dim cig?"

"Na, dwi byth yn bwyta cig. Edrych ar fy nannedd i – dydyn nhw ddim yn ddigon miniog i gnoi cnawd ac esgyrn. A ta beth, mae cig yn rhoi gwynt ofnadwy i mi."

"Dwi'n falch o glywed," meddai Cadi.

"O? Roedd arnat ti ofn y bydden i'n dy fwyta *di*?" chwarddodd Bob. "Paid â becso, rwyt ti'n ddiogel gyda fi. Ond beth am ddod i lawr o 'mhen i? Rwyt ti'n rhoi llygaid croes i mi."

"Iawn, ond sut?" meddai Cadi.

"Wel," meddai Bob. "Mi allet ti lithro i lawr fy ngwddf hir, os wyt ti eisiau."

"Www! Ie, llithro i lawr!" meddai Cadi yn syth.

"Bant â ti 'te," meddai Bob.

Felly, gosododd Cadi ei phen ôl ar gefn pen Bob, plygodd yntau ei ben ychydig fel na fyddai'n rhy serth, ac i ffwrdd â hi!

"Wiiiiii!" meddai Cadi gan lithro'n gyfforddus i lawr croen llyfn y Braciosawrws a glanio'n daclus ar ei gefn mawr, llydan.

"Dyna welliant," meddai Bob, gan droi ei ben. "Dwi'n gallu dy weld di'n iawn nawr."

"A dwi'n gallu eich gweld chi'n well hefyd," gwenodd Cadi. "Ble ydyn ni? Mewn jyngl?"

"Dwi ddim yn gwybod beth yw jyngl," meddai Bob, "ond fan hyn rydyn ni'n byw. Wyt ti eisiau dod am dro?"

Wrth i Bob gamu yn ei flaen, daeth sŵn taran o'i ben ôl…

"Be oedd hynna?" gofynnodd Cadi mewn braw.

"Wpsi pwpsi," meddai Bob. "Cnec fach, dyna i gyd! Pwmp!"

Chwarddodd y ddau.

"Ond ro'n i'n meddwl mai cig oedd yn rhoi gwynt ofnadwy i chi," meddai Cadi.

"O, mae dail hefyd. A dwi'n ceisio osgoi'r blodyn glas acw – mae e'n effeithio'n ofnadwy arnon ni, ddeinosoriaid. Os ydyn ni'n ei fwyta ar ddamwain, rhaid mynd i'r tŷ bach yn syth!"

"O, diddorol!" chwarddodd Cadi. "Bydd rhaid i mi gofio hynna…"

Roedd y ddaear a'r coed yn crynu gyda phob cam. Roedd Bob yn anferthol ond roedd o'n ddeinosor poblogaidd iawn.

"Helô, Bob!" meddai deinosor gyda rhes o bethau tebyg i ddail yn tyfu ar hyd ei gefn.

"O, helô, Sego," meddai Bob. "Mae gen i ffrind newydd. Cadi."

"Helô, Cadi! Braf dy gyfarfod di!" meddai Sego. "Sego ydw i. Pwy wyt ti?"

Edrychodd Cadi arno'n hurt.

"Dydi Sego ddim yn ddeinosor clyfar iawn," sibrydodd Bob. "Ymennydd bychan iawn, bechod. Mae'n cael trafferth cofio pethau... Stegosawrws wyt ti, yndyfe, Sego?!" meddai mewn llais uwch.

"Ie, Stegosawrws," gwenodd Sego. "Mae gen i adenydd ar hyd fy nghefn! Ond dydyn nhw ddim yn gweithio'n dda. Dwi'n gwneud fy ngorau glas i hedfan, ond does dim byd yn digwydd."

"Wel, rydych chi braidd yn drwm," meddai Cadi.

"Be? Wyt ti'n meddwl 'mod i'n bwyta gormod?" meddai Sego. "O diar! O diar, o diar!"

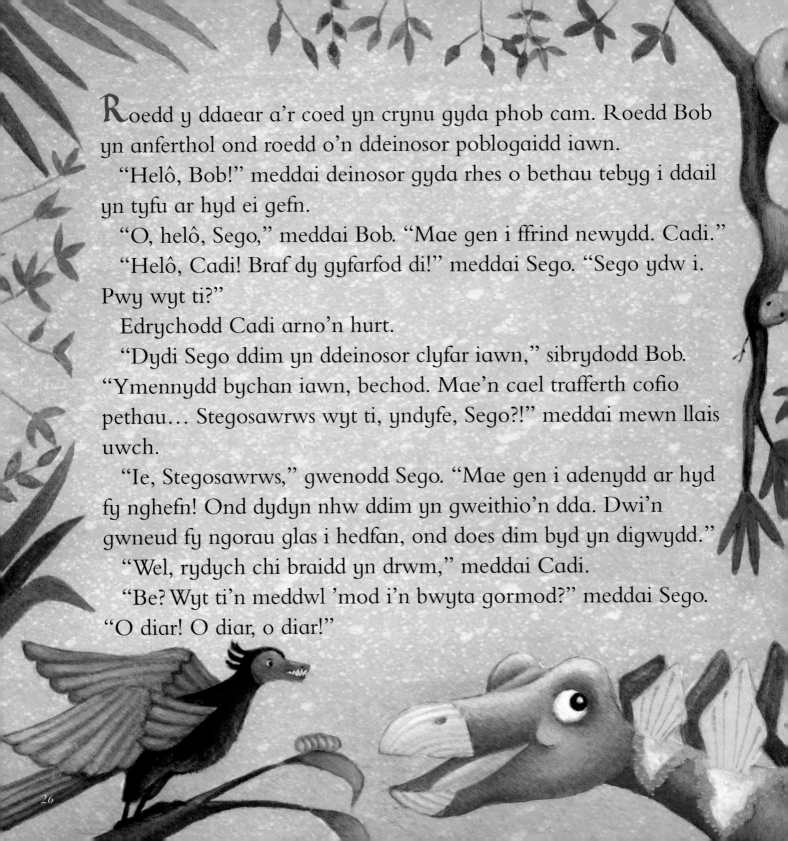

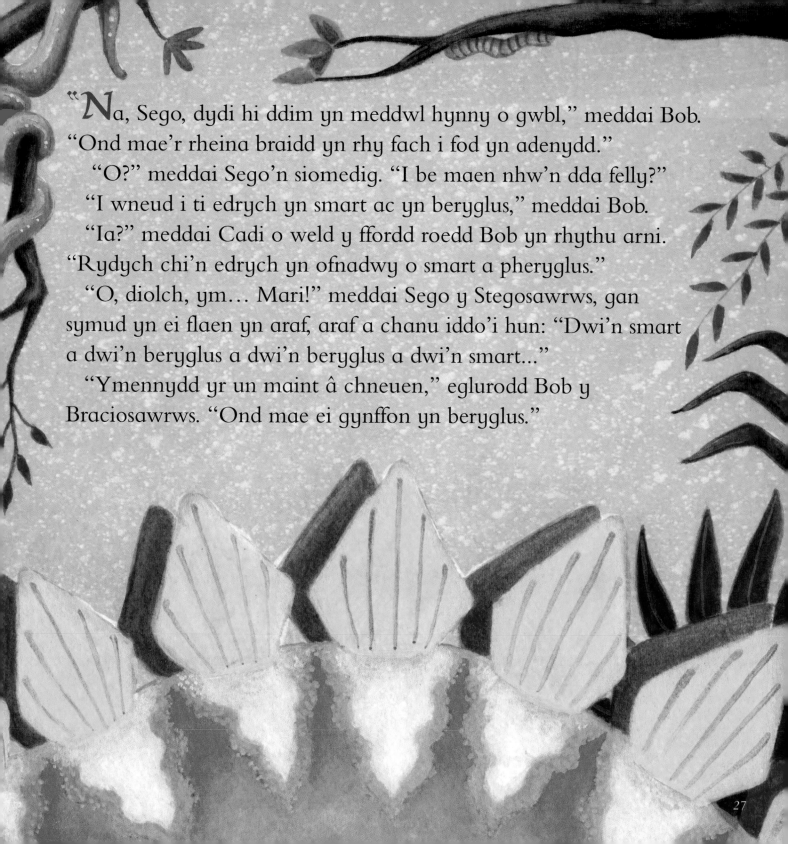

"Na, Sego, dydi hi ddim yn meddwl hynny o gwbl," meddai Bob. "Ond mae'r rheina braidd yn rhy fach i fod yn adenydd."

"O?" meddai Sego'n siomedig. "I be maen nhw'n dda felly?"

"I wneud i ti edrych yn smart ac yn beryglus," meddai Bob.

"Ia?" meddai Cadi o weld y ffordd roedd Bob yn rhythu arni. "Rydych chi'n edrych yn ofnadwy o smart a pheryglus."

"O, diolch, ym… Mari!" meddai Sego y Stegosawrws, gan symud yn ei flaen yn araf, araf a chanu iddo'i hun: "Dwi'n smart a dwi'n beryglus a dwi'n beryglus a dwi'n smart…"

"Ymennydd yr un maint â chneuen," eglurodd Bob y Braciosawrws. "Ond mae ei gynffon yn beryglus."

"Aaaaw!" meddai llais o ganol y coed.

Daeth deinosor arall i'r golwg. Roedd ganddo ddau gorn mawr, pigog, ar ei dalcen a choler anferthol y tu ôl i'w ben.

"Triseratops!" meddai Cadi. "Mae gan Mabon degan fel fo!"

"Hei, Bob!" meddai'r Triseratops yn flin. "Welaist ti pwy bigodd fy mhen ôl i? Mae'n brifo!"

"Sego a'i gynffon bigog mae arna i ofn," meddai Bob.

"O, wel," meddai'r Triseratops, "damwain oedd hi felly. Pwy ydi hon?" meddai gan gerdded yn agosach at Cadi a'i harogli.

"Pops y Triseratops, dyma Cadi," meddai Bob. "Fe laniodd hi ar fy mhen i bore 'ma a dwi'n mynd â hi am dro i weld ein byd ni."

"O, dyna braf," meddai Pops y Triseratops. "Ga i ddod hefyd?"

Felly aeth y tri am dro, gan ddweud helô wrth bob math o anifeiliaid bychain a deinosoriaid mawr. Ond wrth i Bob godi ei droed dde i gymryd cam arall,

"Woooow!" gwaeddodd Pops. "Paid â rhoi dy droed i lawr, Bob!"

Rhewodd Bob gyda'i droed yn yr awyr.

"Roeddet ti bron â sefyll ar wyau deinosor!" meddai Pops y Triseratops, oedd yn llawer llai na Bob ac felly'n agosach at y ddaear.

Edrychodd Cadi i lawr a gweld nyth fawr â thri wy ynddi.

"W! Ga i ddod lawr i weld?" gofynnodd.

Felly, cydiodd Bob yng nghefn ei throwsus gyda'i ddannedd a'i gollwng i'r llawr yn ofalus. Ond roedd y nyth mor fawr, doedd hi ddim yn gallu gweld yr wyau! Roedd y nyth wedi ei gwneud o ddail a changhennau, felly dechreuodd Cadi ddringo i fyny'r canghennau.

"Cadi," meddai Pops y Triseratops, "dwi ddim yn siŵr ydi hynna'n syniad da…"

"O, peidiwch â phoeni," meddai Cadi, "dwi'n un dda am ddringo."

"Nid dyna sy'n fy mhoeni i," meddai Pops y Triseratops.

Ond roedd Cadi wedi cyrraedd yr wyau o fewn dim.

"Waw! Maen nhw'n fawr, yn llawer mwy na fi!" meddai Cadi. "Pa ddeinosor wnaeth ddodwy'r rhain?"

Yn sydyn, clywodd sŵn

# CRRRAAAC!

"Nid fi wnaeth hynna," meddai Cadi. "Cris croes tân poeth."

Gwyliodd Cadi y crac yn tyfu'n fwy ac yn fwy, ac yna, daeth pen allan o'r plisgyn.

"Ooo, babi deinosor!" meddai Cadi.

CRAC! Daeth pen arall i'r golwg mewn wy arall, ac yna CRAC! Un arall! Roedd Cadi mewn nyth gyda thri babi deinosor ac roedden nhw'n gwneud sŵn canu grwndi fel cathod, ac yn ei llyfu hi!

"Hi hi, mae hynna'n cosi!" chwarddodd Cadi.

Dechreuodd y nyth grynu yn sydyn ac roedd pob deilen a choeden a deinosor yn crynu. Roedd rhywbeth trwm iawn yn taranu tuag atyn nhw.

"RRRRRRRRAAAAAAARRRRRRR!"

"Taran y Tyranosor!" ochneidiodd Bob y Braciosawrws.

"Cadi! Tyrd allan o'r nyth yna!" sgrechiodd Pops y Triseratops.

"Brysia!" gwaeddodd Bob y Braciosawrws.

"Neidia ar fy nghefn i!" meddai Pops. "Mae Taran y Tyranosor yn flin ac yn beryglus ar y gorau, ond mae hi'n fam rŵan, felly mi fydd hi hyd yn oed yn fwy blin a pheryglus!"

Neidiodd Cadi ar gefn Pops y Triseratops a chydio'n dynn yn ei goler wrth iddo redeg i guddio yn y coed. Trodd Bob y Braciosawrws i gyfeiriad arall, i ganol coed uchel iawn a cheisio edrych fel coeden.

"RRRRRRRRAAAAAAARRRRRRR! Pwy sydd wedi cyffwrdd yn fy mabis bach i?" rhuodd Taran y Tyranosor wrth iddi ruthro at ei nyth. "Ydach chi'n iawn, fy mabis del i? Sniff sniff... Dwi'n gallu arogli – sniff – bod rhywun wedi bod yma! Ble maen nhw, yyy? Pan gaf i afael ynddyn nhw... RRRRRRRRAAAAAAARRRRRRR!"

Taranodd Taran y Tyranosor blin yn ei blaen gan arogli'r awyr.

Sniff... sniff, sniff...

Gwasgodd Cadi ei hun yn dynn, dynn y tu ôl i goler Pops y Triseratops, a dal ei gwynt.

"A-ha! Pops y Triseratops!" rhuodd Taran y Tyranosor. "Welaist ti pwy sydd wedi bod yn fy nyth i?"

"O helô, Taran," meddai Pops yn ddiniwed i gyd. "Mae'n ddrwg gen i, dyw fy llygaid i ddim yn wych y dyddiau yma. Oes gen ti fabis? Wel, llongyfarchiadau! Faint gest ti?"

"Diolch. Tri."

"Ac yn dlws fel eu mam, dwi'n siŵr."

"Wrth gwrs! Wel, dwi ddim wedi eu gweld eto. Newydd ddodwy maen nhw."

"O, bechod. Ond maen nhw'n ddigon mawr a chryf i ti eu gadael yn y nyth ar eu pennau eu hunain?"

"Wel..." meddai Taran y Tyranosor yn anghyfforddus. "Nac ydyn, ddim eto. Mi ddylwn i fynd yn ôl atyn nhw."

"Ia, syniad da," meddai Pops y Triseratops.

Trodd Taran y Tyranosor yn ôl am ei nyth, cyn galw dros ei hysgwydd, "Os gweli di pwy bynnag fu'n cyffwrdd yn fy mabis bach del i, dwed wrthyn nhw fy mod i'n flin iawn, iawn a bod gen i chwe deg o ddannedd!"

Ffiw!

"Diolch, Pops," sibrydodd Cadi. "Ydi hi'n ddiogel i mi ddod i lawr?"

"Ydi – rwyt ti wedi dysgu dy wers, dwi'n meddwl! Paid byth â chyffwrdd yn wyau rhywun arall!"

"Wna i ddim, dwi'n addo," meddai Cadi wrth ddringo i lawr i'r ddaear.

"Dwi am aros yma i fwyta'r dail," meddai Pops y Triseratops. "Dwi'n llwgu."

"Dwi'n llwgu hefyd," meddai Cadi. "Oes 'na rywbeth i mi ei fwyta? Dwi ddim yn meddwl y dylwn i fwyta dail coeden."

"Mae 'na ffrwythau yn tyfu wrth yr afon!" meddai llais bach ar y goeden. "Ceco y Geco ydw i. Mi wna i ddangos i ti."

Felly, ffarweliodd Cadi â Pops y Triseratops a dilyn Ceco y Geco drwy'r gwair uchel a'r blodau.

"Am ein bod ni mor fach, rhaid bod yn ofalus," meddai Ceco y Geco, "ac edrych i'r chwith ac i'r dde bob amser."

Roedd cerdded a neidio a sboncio gyda Ceco y Geco yn hwyl! Ymhen dim, roedden nhw yng nghanol llwyth o flodau glas hardd. Rhoddodd Cadi ddau neu dri yn ei phoced, cyn rhedeg heibio Ceco y Geco gan chwerthin.

"Cofia sbio i'r chwith a'r —!" meddai Ceco y Geco, ond roedd hi'n rhy hwyr.

## WWWWWSH!

Wrth iddo bori yn y gwair, roedd ceg anferthol Titanosawrws wedi sugno Cadi a Ceco i fyny fel hwfyr!

"Help!" gwichiodd Cadi. "Mae hi'n dywyll. Be ddigwyddodd?"

"Mae Titanosawrws wedi'n bwyta ni…" wylodd Ceco y Geco, wrth iddo gael ei droi a throi mewn llond ceg o wair a blodau. "Ond paid â phoeni, aros iddo agor ei geg a gallwn ni neidio allan. Dal fy llaw i!"

Ond teimlodd y ddau eu hunain yn cael eu sugno am yn ôl…

"O na!" gwichiodd Ceco y Geco. "Mae o'n llyncu!"

39

*S*aethodd y ddau i gefn y geg ac yna disgyn, law yn llaw, i lawr pibell hir, lydan.

"Rydyn ni yn ei oesoffagws o!" sgrechiodd Ceco y Geco.

## PLOP!

Glaniodd y ddau mewn cawl drewllyd, gwlyb o ddail a brigau a blodau a cherrig mawr a bach, oedd i gyd yn symud a throi fel dillad mewn peiriant golchi.

"Ych! Ble ydyn ni?" meddai Cadi.

"Yn ei stumog o. Aw! A gwylia'r cerrig! Gan nad ydi o'n gallu cnoi, fel hyn mae o'n malu'r bwyd yn ei stumog!"

Nofiodd a neidiodd a phlymiodd y ddau i osgoi'r cerrig, ond roedd yn waith caled.

"Beth wnawn ni?" meddai Cadi. "Dwi'n dechrau blino!"

Yna cofiodd yn sydyn am y blodau glas yn ei phoced. Be ddywedodd Bob y Braciosawrws eto? O ie, "… mae e'n effeithio'n ofnadwy arnon ni, ddeinosoriaid. Os ydyn ni'n ei fwyta ar ddamwain, rhaid mynd i'r tŷ bach yn syth!"

Tybed?

Dechreuodd Cadi gosi croen stumog y Titanosawrws efo'r petalau glas. Ddigwyddodd dim byd am rai munudau, yna…

## SHLYYYYYYP! SLOSH! BLYBLYBLYB!

Oesoffagws

Coluddyn mawr

Coluddyn bach

Cerrig

Calon

Stumog

Rectwm

41

Dechreuodd popeth gorddi a throi a throsi! Roedd y ddau'n cael eu sugno'n gyflym am i lawr trwy bibell oedd yn troi i bob cyfeiriad.

"Y coluddyn bach!" meddai Ceco y Geco drwy ei snorcel.

Yna, roedden nhw mewn pibell lawer iawn mwy, yn saethu am i fyny, wedyn ar draws, ac wedyn am i lawr:

"A dyma'r coluddyn mawr!" meddai Ceco y Geco. "Dwi'n meddwl bod y blodau glas wedi gweithio! Dydyn ni ddim yn bell o'r rectwm!"

A saethodd y ddau o ben ôl y Titanosawrws a glanio mewn pentwr mawr o bŵ! Roedden nhw'n ddiogel, ond bobol bach, roedden nhw'n drewi...

Safodd Ceco a Cadi o dan ddail anferthol a chael cawod yn y dŵr oedd wedi hel ynddyn nhw.

"O diar, mae fan hyn yn lle peryglus i ferch fach fel fi. Dwi eisiau mynd adre at Mam a Mabon. Ond sut?"

Chwibanodd Ceco, a daeth aderyn mawr i'r golwg – Dac y Terodactyl. Eglurodd Ceco hanes Cadi iddo.

"Crawc! Dim problem!" meddai Dac y Terodactyl.

Dringodd Cadi ar ei gefn, a hedfanodd y ddau yr holl ffordd at y twll yn y goeden.

"Diolch, Dac!" meddai Cadi, gan faglu allan o'r hen dderwen.

"O, fan'na wyt ti!" meddai Mam.

"Pwww! Cadi drewi!" meddai Mabon.

Ar ôl cyrraedd adref, aeth Cadi yn syth i'r bàth. Wnaeth hi ddim sôn wrth Mam am y deinosoriaid, dim ond wrth Mabon, a chwerthin a rhowlio ei lygaid wnaeth ei brawd bach.

O hynny mlaen, os nad oedd Cadi'n cofio edrych i'r chwith ac i'r dde cyn croesi'r ffordd, byddai arogl ych-a-pych yn dod o rywle...

PILLGWENLLY 11/16